D. 2944.

LETTRE
DE MONSEIGNEUR
L'ANCIEN EVESQUE D'APT
A MONSEIGNEUR
L'EVEQ. DE MONTPELLIER,

En réponse d'une Lettre Paſtorale qu'il a
fait contre ſon Codicile.

A NIDO DEVOTA TONANTI.

A MARSEILLE,

Chez J. P. Bredion , Imprimeur du Roy , de
Monſeigneur l'Evêque d'Apt & de la Ville.

LETTRE

DE MONSEIGNEUR
L'ANCIEN EVEQUE D'APT
A MONSEIGNEUR
L'EVEQUE DE MONTPELLIER,

En réponfe d'une Lettre Paftorale qu'il a
fait contre fon Codicile.

M ONSEIGNEUR,

Jufquês à quand (a) *affligerez vous mon ame
par vos difcours peu mefurez ?* quoi qu'ils ne
puiffent faire aucune impreffion fur elle, par
les foins que j'ai pris, prévenu & aidé de la
grace de Jefus-Chrift, *de merevêtir de fon armure
impenétrable*, à vos traits les plus accerez ;

(*a*) Job chap. 19. v. 2.

Je ne laisse pas pourtant d'y être sensible, parce qu'ils ne me sont que des garants trop fidéles de votre obstination à croupir dans le schisme : c'est elle qui vous fait regarder d'un œil ennemi tous ceux qui ne sont pas de votre sentiment sur la Constitution. Quels (b) bons Prêtres, quels saints Religieux, cette inique prévention *ne vous a-t'elle pas fait persecuter ?* Quelle guerre ouverte n'avez-vous pas déclaré à vos confreres, qui ont accepté cette Bulle émanée du *Saint Siége ?* Toute la France n'est remplie que de vos écrits contr'eux ; vous les attaquez sans distinction & sans espetance d'aucun heureux succès ; vous ne pouvez pas même vous attendre à vous voir aplaudi, par ceux qui jugent sans prévention du mérite d'un Ouvrage. Je suis ici tenté de paraphraser (c) d'un stile chrétien les Vers d'un Poëte payen, & de vous dire à peu près comme lui : *quelle furcur est la vôtre ?* A quoi pensez-vous d'écrire avec tant d'aigreur contre des Prelats si respectables, & de n'oublier rien pour enlever à l'Eglise & à son Chef toutes les prérogatives dont Jesus-Christ l'a favorisée ; *ne voyez-vous pas que vous fournissez des armes aux nouveaux convertis* qui inondent votre Diocese, & *que vous les authorisez dans leur ancienne rebellion ? Ne vaudroit-il pas mieux vous appliquer serieusement à dépoüiller Babilone ; cette mere de*

(b) Act. Apost. cap. 7. v. 52.
(c) Lucan pharsa. in priu.

tant de *fornications*, *de tous les avantages qu'elle a remportez* sur les infortunez mortels, & à exhorter les Peuples qui vous sont soûmis *à venger sur eux mêmes par une auftere penitence la mort jusqu'ici impunie de leur divin Maître, dont ils sont devenus les Complices par leurs crimes. Vous donnez des combats qui ne vous sçauroient meriter les honneurs du triomphe*, tant par la valeur de vos adversaires que par la foibleffe de votre parti.

Mais comme il eft à craindre que malgré ces remontrances, votre efprit trop plein de lui-même, ne fe foit déja érigé un trophée fur les débris de leur prétenduë défaite. Je viens remplir auprès de vous le miniftere de cet Officier, qui dans ces anciennes ceremonies triomphales rapelloit au Vainqueur tous fes deffauts, pour moderer fa vanité outrée & fa joye exceffive, & c'eft auffi fur ce point de vûë que [d] Tertulien le confiderant a crû pouvoir le nommer *le bourreau de la gloire*.

Les termes durs & difficiles à digerer, les invectives criantes tiennent lieu dans vos écrits des raifons folides. Peut-on n'être pas fcandalifé en lifant la derniere Lettre que vous avez écrite à Monfeigneur de Marfeille, de vous entendre dire (*) d'un Prelat, qui s'eft diftingué dans la deffenfe de la bonne caufe, par les fçavans & nombreux Memoires qu'il a donné au public, qu'il eft auffi fcandaleux

(d) Tertul. de Corona mili.
(*) Monfeigneur de Soiffons.

qu'extravagant, pour avoir mis au jour la vie d'une sainte fille que Dieu avoit favorisée de ses graces les plus sublimes ; il y a long-tems que je sçai que la spiritualité n'est pas de votre apanage ni de votre gout ; l'Ecriture m'aprend (*) *que l'homme terrestre ne sçauroit comprendre les operations du Saint Esprit* sur une ame qu'il a choisie pour son épouse.

Quel mépris ne faites-vous pas paroître pour les decisions de l'Eglise, unie au Chef qui la gouverne, & principalement pour la Constitution, que vous ne faites point de scrupule de qualifier de scandaleuse, expression favorite que votre plume met souvent en usage. Quels titres odieux ne donnez-vous pas au Vicaire de Jesus-Christ, au successeur de S. Pierre ? Ne faites-vous pas revivre tous les termes injurieux dont tous les anciens heretiques se sont servis pour le rendre méprisable ? Je n'en suis point surpris ; l'air que vous respirez dans un Diocese où l'erreur a regné depuis plus d'un siécle, est encore empreint d'esprit d'aigreur & de haine contre le Saint Siége ; vous avez si fort les oreilles battuës des blasphêmes dont ses ennemis le chargent, que ce n'est pas merveille qu'ils vous échapent à tout moment. Je ne desespere pas de vous entendre dire un jour avec eux que ce Chef de l'Eglise est le vrai Antechrist, dont la venuë nous est prédite avant la fin

(*) Paul Epist. 1. ad Corint. c. 2. v. 10.

des siécles , & de vous voir mettre au jour
pour le prouver un Ouvrage qui servira de se-
cond tome à celui (*) de Dupleſſis Mornay.

Vous prenez ſi aiſément les impreſſions des
perſonnes que vous frequentez , que votre
commerce avec les cinquante Avocats que
vous avez fait écrire contre le Concile d'Embrun vous a revêtu de leur eſprit de chicane.
La derniere Lettre Paſtorale que vous avez
publié contre moi , commence par me repro-
cher ma negligence à ſigner mon Codicile ,
qui ſelon les regles preſcrites pour la validité
des Teſtaments , ne ſçauroit être regardé que
comme nul & ſupoſé. Je conviens avec vous
de ce deffaut eſſentiel , & en même tems j'a-
voüe que vous êtes plus ſcavant que moi en
formalitez tabellioniques. Je m'étois flatté que
mon nom qui eſt à la tête de cet Acte devoit
lui acquerir la même valeur que s'il le ter-
minoit ; mais puiſque ce n'eſt pas là votre ſen-
timent , je me rends , & je vous promets
qu'à l'avenir je profiterai en écolier docile &
ſoûmis , de la leçon que vous me faites.

De ce prétendu deffaut vous paſſez à deux
erreurs , *la premiere* , dites-vous , *n'eſt pas
fort dangereuſe* , cette expreſſion pourtant
marque qu'elle n'eſt pas tout à-fait hors d'at-
teinte , & rend en même tems l'autre très-
pernicieuſe. C'eſt ſans doute pour prévenir
vos Dioceſains contre leur venin que vous les

**) Dupleſſis Mornay, Miſtere d'iniquité.

expofez à leurs yeux, fage précaution qui ne fçauroit être trop loüée dans un Prelat. L'amour que j'ai pour la verité m'oblige d'avoüer ici que cette accufation eft jufte & bien fondée, je m'en reconnois coupable, & je vous en dis ma coulpe la rougeur au front ; je regarde même comme un effet de votre bonté naturelle de ne m'avoir pas deferé à quelque Tribunal Ecclefiaftique ou Seculier pour m'en punir, comme vous avez coûtume d'en ménacer vos adverfaires, & comme votre zele fembloit l'exiger de vous. Si vous n'en êtes pas venu à cette extremité, je ne le puis attribuer qu'à la perfuafion où vous êtes que je n'ai peché que par un excés d'ignorance. *les montagnes font accouchées*, dit un (f) ancien *& elles n'ont mis au jour qu'une ridicule fouris*.

Commençons à parler ferieufement, & mettons fin à cette ironie, que nous n'avons peut-être pouffé que trop loin. Que croyez-vous que penfent vos Diocefains quand ils viendront à s'appercevoir que les erreurs dont vous m'accufez & que vous exagerez avec tant d'emphafe, ne confiftent, la premiere, qu'à un mot, felon vous mal traduit, qui n'a fait aucun mauvais ni dangereux fens, & la feconde, qu'à un nom pris pour un autre, dans deux paffages qui conviennent merveilleufement bien à la matiere que je traitois, & que j'ai pris foin de citer à la marge. Je fçai

_____

(f) *Horat.* de arte poetic.

que

que vos Diocesains, quelques prévenus qu'ils
soient pour vous, ne regarderont cette accusation que comme une pure chicane.

Quoi que ce Tribunal où vous m'avez as-
signé vous soit entierement devoué, je me
soûmets avec joye, appuyé sur la droiture &
la bonté de la cause que je soûtiens, au jugement qu'il trouvera bon de donner
sur nos differens de Doctrine. Vous vous
étiez inscrit en faux contre un miracle que
je raportois dans mon Testament spirituel,
sur la foi de Nicephore celebre Historien ecclesiastique, vous vous mocquiez même de
ma credulité : *Nous ne voyons pas, disions-nous,*
qu'un évenement si singulier soit hors de toute
ressemblance pour être traité de fable. Jésus-Christ
ne peut il pas avoir permis un pareil prodige,
dans la vûë de confondre les ennemis de sa divini-
té, & d'authoriser tout ce qui s'étoit fait à la
gloire du Concile de Nicée.

Voici la reponse que vous me faites ; vous
tirez une fausse conclusion de mes prémisses.
Jesus-Christ, dites-vous, *a pû faire ce miracle,*
donc il l'a fait : ainsi raisonne Monseigneur d'Apt.
Je puis facilement vous convaincre du
contraire, en raportant fidelement l'endroit cité ; mais ne suis-je pas en droit de
vous demander ici à vous même, avant que de
passer outre, sur quoi vous vous fondez pour
croire que ce fait si merveilleux est suposé ?
Quelle preuve nous en donnez-vous ? Pour
moi je suis authorisé par un ancien Auteur

ecclefiaſtique qui vivoit preſque dans ce tems
là : je n'ai eu pourtant garde, ſur ſon témoig-
nage, de ſoûtenir hardiment ce fait hiſtorique,
je me ſuis contenté de dire qu'il étoit poſſible,
mais vous, ſans vous appuyer d'aucun ga-
rant, vous décidez ſouverainement comme
un oracle infailliblé contre ſon authenticité,
& vous le declarez faux, par humeur ou par
quelqu'autre raiſon qui nous eſt inconnuë,
& que vous avez peut-être interêt de nous
cacher.

Comment oſez-vous donner encore une
autre entorſe à la verité, en m'impoſant d'a-
voir avancé que Jeſus-Chriſt étoit appellant
de la Conſtitution au futur Concile ; j'au-
rois moins proferé un blaſphême qu'employé
une phraſe ridicule qui ne ſçauroit partir de
la bouche ou de la plume d'un homme rai-
ſonnable : je n'ai, pour montrer à mes nouveaux Juges la fauſſeté de cette accuſation,
qu'à mettre ſur le bureau les pieces juſtificati-
ves ; ſur le mépris que vous faiſiez du miracle raporté par Nicephore ; voici comme je
me ſuis exprimé : " Notre Cenſeur lui-même
" n'a-t'il pas fait trophée de la gueriſon ſubite
" d'une femme preſque paralitique, qui portée
" ſur les aîles d'une foi vive, ſe jetta, il y a
" quelques années aux pieds de Jeſus-Chriſt,
" dans le tems qu'on le portoit en triom-
" phe dans un Fauxbourg de Paris, & lui
" demanda les larmes aux yeux de vouloir la
" délivrer de cette maladie opiniâtre dont

« elle étoit attaquée depuis long-tems , & qui
« avoit resisté jusques alors à tous les reme-
« des de la faculté : n'a-t-il pas , dis-je , notre
« Censeur , l'audace d'avancer dans un Man-
« dement , que ce Sauveur du monde s'étoit
« déclaré visiblement pour leur cause déplo-
« rable , en operant un tel miracle , & cela
« fondé sur ce que dans cette Procession l'O-
« fficiant & tous les Prêtres avoient interjet-
« té appel de la Bulle *Unigenitus*. Fut-il ja-
« mais raisonnement plus heteroclite ; ne fau-
« droit-il pas pour sa justesse que Jesus-Christ
« fût lui-même appellant de cette Constitu-
« tion ? Quoi , parce que cet homme Dieu
« remet l'oreille à Malchus par un effet de sa
« toute-puissance , au milieu des satelites qui
« l'avoient arrêté , auroit-on raison de dire
« qu'il avoit en quelque maniere fait voir ,
« par cette guerison toute merveilleuse , que
« sa détention étoit légitime & conforme aux
« Loix & aux regles de la Justice , ne seroit-
« ce pas là une conclusion aussi ridicule que
« celle que notre Censeur tire de ses fausses
« prémisses ? Dans quelle extravagance ne
« tombe-t'on pas quand on se livre à l'esprit
« d'erreur ?

Il me semble d'entendre ici vos Diocesains
convaincus , s'écrier que ce raisonnement est
selon les regles les plus exactes de la Logi-
que ; je ne sçai s'ils trouveront la même
justesse dans ce que vous dites de la guerison subite de la Dame de la Fosse : *ce mira-*

cle, repartez vous, *dans les circonstances où il a été operé, montre que Jesus-Christ n'authorise pas les dispositions schismatiques de nos adversaires.* Vous m'obligerez très-sensiblement, si vous vouliez bien me dire ce que vous entendez par cette épithete mal conçûë, que vous donnez à la conduite de tous les Evêques du monde chrêtien, qui se sont unis au Pape pour faire valoir sa Constitution. Dans quel schisme ont-ils donné? Si on ne regarde le schisme que par son nom, ce n'est selon les Theologiens, qu'une rupture de la paix qui doit être le nœud de la societé civile. Si on le considere par son usage, on doit le définir une séparation de l'Eglise, dont la charité doit former toute l'union. De qui donc se sont-ils separez? Est-ce de vous, Monseigneur? Est-ce de Monseigneur de Senez? Est ce de Monseigneur d'Auxerre? Auriez-vous la presomption de croire que vous formez vous seuls ce corps mystique? Je m'apperçois que vous ignorez jusqu'à la signification des termes dont vous vous servez. Saint Thomas vous apprendra, *qu'il n'y a à proprement (g) parler que ceux qui refusent de se soûmettre au souverain Pontife & de communiquer avec les autres membres de l'Eglise qui lui sont unis, qu'on puisse appeller schismatiques.* Comment se peut-il faire après la decision de cet Ange de l'Ecole, que les Prelats bon Constitutionnaires, & que vous

(g) Thomas. Quæst. 39. artic. 1

regardez par là comme vos adverſaires, ſoient dans des diſpoſitions ſchiſmatiques, que je ne puis reconnoître, & ne reconnoîtray jamais que dans vos fauteurs, juſques à ce que ces heureux jours, que vous nous prophetiſez arrivent, *& qu'après [g] le prétendu miracle que Jeſus-Chriſt a daigné faire par l'entremiſe des Appellans, pour marquer ſon mépris pour la Bulle Unigenitus, il en faſſe encore ſur leurs tombeaux & par leurs interceſſions.*

Heureuſes les Egliſes qui auront en dépôt les ſacrées dépoüilles de ces nouveaux Saints que vous canoniſez : & qui vont devenir pour elles des ſources de benédictions, des Piſcines probatiques où toutes les maladies du corps & de l'ame ſeront noyées. Saint Chriſoſtome [h] felicitoit autre fois la Ville de Rome du bonheur qu'elle avoit de poſſeder les Reliques de Saint Pierre & de Saint Paul ; *ce n'eſt pas, lui diſoit-il, par votre ancienneté ni par vos victoires que je vous loüe : mais ſeulement d'avoir été choiſie pour être la depoſitaire des corps de ces Saints Apôtres.* Nous oſons faire aujourd'hui les mêmes congratulations à ces Villes qui joüiront à l'avenir de ſemblables prérogatives, par les tombeaux des Appellans : mais quand viendra cet heureux ſiecle d'or ? Je vais vous le dire ſans vouloir faire le Prophête, ce ſera quand Jeſus Chriſt aura aboli & détruit

(g) Lettre Paſtorale page 3
(h) Chriſoſt. de exp. in Epiſt. ad Rom. ſermo 32.

ſon premier Evangile , qui m'ordonne de regarder comme payen & publicain , tous ceux
qui n'écouteront point la voix de ſon Epouſe ,
& qu'il en aura donné un nouveau , où tous
les privileges anciennement accordez à ſon
Epouſe ſoient abrogez

Vous mettez tout en uſage , Monſeigneur ,
pour faire avancer ce prétendu tems , vous
qui foulant aux pieds tous les Oracles de l'Eſprit Saint , qui nous aſſûrent en termes for-
mels , que Dieu [i] a voulu ſauver tous les
hommes , qu'il leur a donné à tous les moyens ſuffiſants pour les rendre heureux , ſans
en excepter un ſeul , avez l'audace de traiter
cette verité d'opinion d'Ecole. Dans quelle
Univerſité Calviniſte vous a-t'on enſeigné une
pareille erreur , qui ne tend pas moins qu'à
faire un tyran d'un Dieu tout miſericordieux ?

Nous avons un Pére dans le Ciel , dit [l] l'A-
pôtre, *qui eſt élevé audeſſus de tous , qui étend
ſa providence ſur tous , & qui eſt en nous tous.*
Paroles conſolantes , qui doivent donner toûjours de nouvelles forces à notre confiance
filiale. Si cette ſageſſe paternelle & prévoyan-
te , veille ſur tous les beſoins temporels des
pauvres mortels , à plus forte raiſon ſera-t'elle
attentive à la conſervation de leur ame , qu'il
a créée & rachetée de ſon ſang précieux.

Vous nous citez un endroit du Concile de

(*i*) Paul Epiſt. ad Thim. 1. v. 15.
(*l*) Paul Epiſt. ad Epheſ. 4. v. 6.

Trente, *qui nous dit, que quoi que Jesus-Christ soit mort pour tous, tous ne reçoivent pas le benefice de sa mort, mais seulement ceux à qui les mérites de sa Passion ont été communiqués.* Sauf le respect que je vous dois, ce passage est étranger au sujet que nous traitons ; il ne s'agit ici que de sçavoir si Dieu a voulu sauver tous les hommes, & c'est ce que je soûtiens, apuyé sur l'authorité de l'Ecriture, des Peres & de l'Eglise : & c'est ce que vous ne faites pas difficulté de nier ouvertement. Cette volonté bienfaisante de Jesus-Christ n'est pas à la verité efficace par elle-même, je ne la connois que conditionnelle ; ainsi cet homme Dieu avant la prevision des mérites ou des démerites, pour parler les termes de l'Ecole, a eu un sincere desir de donner à tous les hommes la vie éternelle ; & leur a aplani toutes les voyes qu'ils devoient prendre pour y parvenir ; mais dès qu'il a vû que cet homme repondoit à ces intentions, en accomplissant ses Commandemens, & en pratiquant le bien qu'il lui avoit mis devant les yeux, pour lui en faire admirer les charmes, sa volonté de conditionnelle qu'elle étoit, est devenuë absoluë & efficace, quoi qu'elle ne soit pas déterminée par nos bonnes œuvres ; le Saint Esprit compare le Ciel à *un Royaume*, à *une Couronne qu'on ne peut remporter qu'en se faisant violence*, & en combattant ce penchant naturel que nous avons au mal.

Les deux passages de Saint Augustin dont

vous vous authorifez ne regardent pas feule-
ment les enfans, mais encore les adultes: *que
jamais*, dit ce Pere, *il ne vous arrive de pro-
mettre le falut à perfonne, qu'il n'ait été rege-
neré dans les eaux falutaires du Baptême , le
Seigneur n'ayant pas voulu que le pehé originel
pût être effacé par d'autres remedes que ce
Sacrement.* C'eft là un article de foy qui eft
auffi fort imprimé en nous que tous les autres
du Symbole que l'Eglife nous a donné.

Perfonne ne peut être fauvé qu'il n'ait été
purifié dans les facrez fonts , de la tâche ori-
ginelle par un privilege ordinaire : il n'impli-
que pourtant pas que cette regle ne puiffe
avoir fon exception , tous les Peres ayant con-
venus que le martyre, non-feulement aux
adultes , mais même aux enfans, peut tenir
lieu de ce premier Sacrement : qu'un acte même de contrition , fait dans certaines circonf-
tances où l'on n'auroit pas ce qu'il faut pour fe
faire ondoyer , joüiroit de la même prero-
gative.

Vous me reprochez de connoître d'autres
moyens pour le falut, que le Sacrement du
Baptême que Jefus-Chrift a inftitué à cette
fin , & vous faites de votre propre authorité
le procès aux enfans morts nés , vous les
condamnez à un fuplice éternel ; pour moi ,
qui regarde le Seigneur comme un bon Pere ,
je foûtiens qu'il n'eft pas impoffible qu'ils foient
fauvez , trouvant dans les trefors de la mife-
ricorde du Seigneur, des millions de moyens
à les

à les rendre heureux dans l'autre monde. La pratique de la primitive Eglise à leur égard me fortifie dans ce sentiment, on ne les auroit pas exposés à un danger presque évident d'une mort éternelle, en leur diffirant ce Sacrement, si l'on n'avoit compté sur les bontez infinies du Seigneur, qui nous assûre presquo à toutes les pages des Livres sacrez, *qu'il ne veut [m) pas qu'aucun mortel perisse.* Saint Gregoire de Nazianze ne croyoit pas qu'il fut à propos de baptiser les enfans avant l'âge de trois ans, (n) *afin*, dit-il, *qu'ils puissent repondre aux interrogats que le Ministre a coutume de leur faire.* Et Tertulien *reconnoit* (o) *qu'il feroit mieux qu'on les renvoyât jusques à l'âge de discretion.* Les Cathecumenes même, (n'en déplaise à Baïus), qui meurent sans avoir reçû ce Sacrement salutaire, n'ont jamais passé dans l'esprit des Peres pour être des victimes de l'Enfer. Saint (p) Ambroise nous le fait assez connoître dans son Oraison funebre de l'Empereur Valentinien, *qu'il lui semble voir monter au Ciel comme un aigle empressé de voir le Soleil.*

Croyez moi, Monseigneur : défaites-vous au plûtôt de cet esprit de curiosité qui fait chercher avec tant d'empressement les reme-

(m) Math. ch. 18. v. 14.
(n) Gregor. in sermo. de Baptis.
(o) Tertul. Lib. de Baptis.
(p) Ambrosius in ora. fune. Valent.

C

des que le Seigneur avoit deſtiné pour gue-
rir de la playe commune , ces pauvres inno-
cens qui ont été privé de la lumiere dans le
ſein de leur mere ; & ſans vouloir penetrer ce
Myſtere où l'eſprit humain ſe perd , adorons-le
avec Saint Paul (q) & écrions-nous comme lui
ô profondeur des richeſſes immenſes de la ſageſſe di-
vine , que vos jugemens ſont difficiles à compren-
dre , & que vos voyes ſont admirables.

Vous avez beau vous efforcer par vos cla-
meurs réiterées à exciter le zele des Magiſtrats
contre la Doctrine inſerée dans mes derniers
Ouvrages en faveur des Bulles Apoſtoliques
& Dogmatiques , loin que tout les mouvemens que vous vous donnez pour me nuire
m'inſpire la moindre crainte , ils ne font qu'a-
croître ma fermeté , graces en ſoient renduës
au Seigneur , il a daigné me favoriſer *d'un*
eſprit de courage & de force qui me met au-
deſſus de la malice de mes ennemis & de tous les
évennemens de la vie : s'il étoit poſſible , comme vons ſemblez l'inſinuer , que malgré les
promeſſes de Jeſus Chriſt , le grand édifice de
ſon Egliſe (r) *vint à s'écrouler , je me verrai avec*
un œil intrepide enſeveli ſous ſes ruïnes. Je connois tout le prix du caractere dont j'ai l'honneur d'être revêtu , je ſçai tout ce qu'il exi-
ge de moi , ainſi vous ne devez pas vous
attendre que je parle un autre langage que

(q) Paul. ad Rom. Epiſt. cap. 11. v. 33.
(r) Horac. Lib. 3. Od. 3.

celui que vous critiquez ; oüi, Monſeigneur,
tous ces principes que vous dites ſi abſurdes
ſont certains & juſtifiez par tous les Cano-
niſtes & Ecrivains François du premier ordre,
Les jugemens dogmatiques du Pape enſeignant l'E-
gliſe ſont exempts d'erreurs & irrefragables, il
n'y a pourtant que l'acceptation du corps Paſtoral
qui les enrichiſſe du ſçeau de l'infaillibilité,
les Conciles generaux doivent être munis de la
ſouſcripcion du Pape ou de ſes Legats pour être
regle de foi. Les Evêques ne ſont pas des ſimples
executeurs des Bulles émanées du Saint Siége :
mais ils ne peuvent refuſer leur acceptation ſans en-
courir la honte & la peine du ſchiſme, c'eſt la
force de l'unité qui doit les entrainer dans ſon cen-
tre qui eſt le Siege de Pierre.

Il ſemble que nous pourrions raiſonner à
peu près ſur cette matiere comme Saint Bernard (s) ſur l'œconomie de la Grace : *cette*
Fille de Jeſus-Chriſt, dit-il, *nous previent. nous*
éclaire, mais il ne faut pas croire qu'elle faſſe
une partie de la bonne œuvre, ni que le libre
arbitre opere l'autre, ce ſont ces deux puiſſan-
ces qui la produiſent enſemble, en ſorte qu'on peut
dire que la Grace fait tout, & que la volonté de
l'homme opere tout auſſi, il en eſt de même
d'une Bulle dogmatique qui part du Souverain Pontife, elle ne fait pas une partie de
la regle de foy, non plus que l'acceptation
des Evêques, il n'y a que leur union qui l'é-

[s] Bernard. de Gratia & liber. arbitr. cap. 14.

tablisse, tellement qu'on peut assûrer que cette Bulle fait entierement cette regle de foi, & que l'acceptation des Evêques l'a fait aussi.

Ces Principes établis, qui pourra contester que la Constitution *Unigenitus*, revêtüe de toutes les formalitez cy dessus énoncées ne soit pas irrefragable ? N'est-on pas en droit de dire avec Saint Augustin aux réfractaires (t) qui la regardant comme un Ouvrage des tenebres, ont demandé au Pape des éclaircissemens, & ont eû même l'audace d'appeller de ce Jugement à un Concile futur, *quel examen voulez-vous encore ? Ne vient-il pas d'être fait par le Saint Siége & par les Evêques ? Ce n'est donc plus qu'une Heresie que vous soûtenez, qui n'ayant plus besoin d'être discutée de nouveau, doit être reprimée par les Puissances seculieres.*

Cette Doctrine, Monseigneur, que je ne fais pas difficulté encore d'exposer à vos yeux critiques & ennemis, a eté puisée dans des sources vives & fecondes, telles que font les Livres sacrez, les Lettres des Evêques assemblez, écrites au Pape en differentes occasions, les Conclusions de Sorbonne, les Ouvrages des fameux Docteurs Duval, Izamberg, de Fleuri, de l'illustre Monsieur de Marca : c'est dans ces eaux salutaires que je me suis desalteré, tandis que vous n'éteignez votre soif que dans *un puis de mort.*

Non content de vous en prendre au Sou-

(t) August. contra Julia. opus imperf.

verain Pontife, vous ofez encore attaquer
l'Eglife de front; il me femble pourtant que
vous auriez un grand interêt de la ménager,
vous aurez un jour befoin de fon facré miniftere, ce fera quand les boiteux, les aveu-
gles, les morts recevront par votre intercef-
fion & fur vos tombeaux la fanté & la vie,
elle pourroit pour lors vous contefter l'au-
tanticité de tous ces pretendus miracles, &
refufer de vous infcrire dans le catalogue de
fes Saints : croyez-moi, travaillez au plûtôt
à vous reconcilier avec elle, elle eft douce,
bienfaifante, & elle ne garde aucune animofité;
tâchez de lui faire oublier par un fincere
retour, le mépris que vous lui avez temoigné
aux yeux du public. Vous trouvez à redire
que j'aye mis dans fa bouche les paroles que
le Saint Efprit a confacré à la fageffe éternelle,
je ne m'en deffends pas; je pourrois juftifier
ma conduite par l'exemple de plufieurs Peres
de l'Eglife, dont je n'ai fait que fuivre les
traces; mais ce detail & cette énumeration
me meneroit trop loin, je ne veux étaler ici
que les raifons dont ils fe font appuyez :
l'alliance, difent-ils, *que cette même fageffe a*
contractée avec l'Eglife qu'il a (*) *choifie pour*
fon époufe, eft fi intime, qu'on ne fçauroit feparer
l'une de l'autre: ils n'ont plus qu'un même cœur,
qu'une même ame, & l'on peut dire encore qu'ils
ne font plus entr'eux qu'un Corps myftique: ainfi

(*) Pfalm. 54. V. 14.

il y doit avoir entr'eux une communication tant de privilege que de loüange.

Il faut pourtant que je vous avoüe, Monseigneur, que votre acharnement à me combattre par de mauvaises raisons me réjoüit infiniment, qui pourroit garder un serieux en vous voyant faire la leçon aux Magistrats que vous exhortez à examiner mon Codicile, & que vous regardez par là comme des écoliers ignorans: sur tout, leur dites-vous, (*) *ayez la bonté de peser ces paroles qu'il a mis dans la bouche de l'Eglise: c'est enseigner bien clairement que les Roys tiennent d'elle leur authorité temporelle & dans les principes du Prelat, il n'y a qu'un pas à faire pour soûtenir qu'ils la tiennent du Pape.* Quel pitoyable raisonnement, je ne sçai si mes yeux me trompent, mais je trouve une distance aussi grande entr'eux que celle qui separe la terre des cieux.

Quoi que le Souverain Pontife soit le Vicaire de Jesus-Christ, le successeur de Pierre, & le Chef visible de ce corps mystique dont nous avons l'honneur & vous & moi d'être un des membres, il ne laisse pas d'être sujet aux foiblesses & aux miseres de notre nature corrompuë, il est vrai que lorsqu'il prononce ses oracles, pour enseigner les Fideles sur le Dogme, il ne sçauroit errer: mais hors de là il peut faire des fautes comme les autres hommes, sur tout quand il se laisse entraîner par

(*) Let. Pastorale page 4.

quelque prévention , ces exemples font fort
rares , mais on ne peut pas defavoüer qu'on
n'en a vû un ou deux , qui fortant de leur
fphere , & des limites que le Seigneur â pref-
crit à leur puiffance fpirituelle , ont entrepris
fur le temporel des Roys & difpenfé leur Sujets de l'obéïffance qu'il leur devoient , quelque fois même dans la fauffe croyance de rendre par là un fervice à Dieu & de remplir
leur devoir.

Il n'en eft pas ainfi de l'Eglife , époufe de Jefus-Chrift , loin d'aprouver tous ces excès de
fon Chef vifible , elle le condamne ouvertement par une conduite toute opofée , & elle ne
ceffe d'inftruire les Sujets de la foumiffion
qu'ils doivent aux Souverains, *rendez à Cefar*
leur dit-elle à tout moment, *ce qui apartient à*
Cefar. [x] *Ce n'eft pas tant par le glaive que la*
providence â mis en leur mains [y] *que pour la*
confcience , que vous êtes obligé de vous rendre
à toutes leurs. Ordonnances. *Honorez-les ,* (z)
refpectez-les quelques difcoles qu'ils foient , le Seigneur dont ils font les fidéles images vous en a
fait un precepte auffi fort que celui de l'ay-
mer lui-même. *Elevez vos mains au Ciel pour*
leur confervation & pour leur profperité ; c'eft là
le feul moyen que vous avez de joüir d'une [&]

(x) Matheus cap: 22. v. 14.
(y) Paulus ad Rom. Epif. 1. cap. 2. v. 57.
(z) Petrus Epiftol. 1. cap. 2. v. 45.
(&) Paulus Epift. ad Thim. cap. 2. v. 2.

vie tranquille.

Aussi , Monseigneur , les Princes sont si convaincus des bonnes intentions de l'Eglise à leur égard , qu'ils se font un devoir de la proteger , de courber leur tête sous le joug de sa foi , de se prosterner devant ses Autels , de se soûmettre à ces decisions & de la reconnoître comme leur mere & leur protectrice , regardant tous les vœux qu'elle fait pour eux comme le plus solide apuy & la baze de leur Trône : nous pourrions ici vous mettre devant les yeux l'exemple du grand Monarque qui nous gouverne & qui se rend par sa pieté & par son amour pour cette Epouse de Jesus-Christ tous les jours plus digne de porter le glorieux titre de son Fils aîné.

Vous n'oubliez rien pour nous persuader que vous êtes l'auteur des Ouvrages qui depuis dix ans courent sous votre nom , quoi qu'il n'y a en France ni grands ni petits qui ne connoisse la main qui sert si fidellement votre passion : tous vos soins empressez me mettent en droit de soupçonner que dans cette rencontre vous usez d'une restriction mentale pour vous mettre à couvert des reproches que vous font à tout moment vos antagonistes , de ne courir dans la lice qu'à la faveur des lumieres d'autrui ; je sçai que vos fauteurs condamnent ouvertement toute équivoque , mais je sçai en même rems qu'ils ne font pas scrupule de s'en servir quand leur interêt le demande : j'aime mieux croire que vous enve-
lopez

lopez la verité fous ces fortes de figures , que
de vous voir endoffer le titre furieux que j'a-
vois donné au prétendu faifeur de vos libelles
diffamatoires : il feroit à craindre pour vous
que quelque malin efprit, vous confiderant fous
ce point de vûë, où vous tachez de vous mettre, ne vous fit entrer en parallele avec le fils
naturel d'Abraham, que ce Patriarche chaffa
avec fa mere de fa maifon, à caufe [a] *de fon naturel
feroce qui le portoit à s'en prendre à tout le monde*,
& à maltraiter le fils né d'un legitime maria-
ge ; cette comparaifon feroit d'autant plus
jufte, que felon Saint Paul (b) Sara eft là
figure *de l'Eglife que vous méprifez, & Agar la
Servante l'image de la nouvelle Sinagogue* que
vous opofez à cette Epoufe de Jefus - Chrift.
Ainfi croyez moi , reconnoiffez les habiles
Theologiens que vous vous faites un devoir
d'aller chercher *plus loin que* du diftrict de votre Diocefe , pour les veritables auteurs des
Ouvrages qui portent votre nom : mais que
vous ne faites que publier, comme vous nous
le dites : je ne vous demande pas quelle eft
leur patrie & le lieu de leur domicile , [c]
leur lange erronné nous le manifefte affez :
nous fommes en droit de les croire en An-
gleterre ou à Geneve , ou pour le moins de
profeffer la Religion de ces peuples.

(a) Gene. cap. 16. v. 12.
(b) Paul. ad Gala. c. 4.
[c] Matheus cap. 26. v. 78.

Déclamez à gorge déployée contre mon Acte d'appel du Roy mineur au Roy majeur, dépeignez le avec les couleurs les plus noires, il ne sera jamais si horrible aux yeux du Public, que l'opofition que vous avez signifié à Monfieur le Procureur General, à tout ce que Sa Majefté pourroit faire en faveur du Concile d'Embrun ; je ne veux pour vous en convaincre que vos propres principes.

Le ridicule que vous avez eu la charité de me prêter dans votre derniere Lettre Pafto-rale où vous me faites dire que Jefus Chrift eft appellant de la Conftitution au futur Concile, eft accompagné d'une reflexion très-judicieu-fe de votre part, il auroit été à fouhaiter que vous l'euffiez faite, avant que de produire cette opofition monftrueufe qui eft pourtant moins injurieufe à la Royauté qu'à la droi-ture de votre efprit & au bon fens. *Le Juge fuprême*, dites-vous dans cet endroit de votre Lettre, *defcendra t'il de fon Tribunal pour fe foûmettre à celui du Concile*. Je vous retor-que ces mêmes paroles qui font votre condam-nation ; loin que mon appel interjetté du Roi mineur au Roi majeur ait un relief auffi honteux que le vôtre, il n'a été conçu que pour empêcher que la gloire de notre jeune Monarque ne reçût une flétriffure, par cette Declaration faite fous fon nom & fans fa participation, ces fortes d'Actes ont toûjours fait un tort infini à la mémoire des Princes qui fe font ingerez de les mettre au jour, témoin *Le&thefe d'Heraclius*, & *Lhemotique de Zenon*, qui ont revolté toute la faine antiquité contre ces Empereurs ; pour moi je me flatte, & j'ai lieu de l'efperer, que mon appel du Roy mineur au Roy majeur, paffera dans l'avenir pour un monument éternel de mon attachement & de ma fidelité envers mon Souverain, & que lui même aujourd'hui, dégagé de l'efclavage où les Loix l'avoient affujetti, me fçait bon gré de la fage précaution que j'ai pris pour conferver fa gloire.

Le foin que vous prenez d'inftruire le Public du fort de mon appel, aura un effet tout contraire à celui que vous vous êtes propofé, le Lecteur prudent & fage connoîtra la difference qui fe trouve entre votre Opofition & mon Acte, & dira fans doute en lui-même, fi ce dernier a été brûlé par Arrêt, le premier a encore mieux merité de l'être ; voici une devife que j'avois fait pour mettre à la tête de la Lettre apologetique, que j'ai donné au Public pour juftifier ce fruit de mon zele, qui ne refpiroit que la gloire de mon Prince, le corps eft l'or hors du creufet avec cette ame, *hinc clarius exit.*

Vous ne fçauriez en dire autant, quoi que votre opofition aux volontés du Roy, ait échapé aux fleaux de fa Juftice par un effet heroïque de fa clemence, elle n'en eft pas moins horrible à voir aujourd'hui, que lorfqu'elle fut fignifiée au Parquet.

Ce font , fans doute , Monfeigneur , les fugeftions d'une vive reconnoiffance, qui vous ont fait devenir l'apologifte de cinquante Avocats, dont les confeils ont dirigé jufqu'ici vos pas dans les fentiers de la chicane , & qui fe font entierement prêtez à la haine que vous avez conçû contre le Concile d'Embrun ; vous fouffrez impatiemment qu'à l'exemple de tous nos Confreres nous ayons foudroyez leurs écrits féditieux & leurs temeraires entreprifes , que vous authorifez , en prenant leur deffenfe avec tant de chaleur : ne feriez-vous pas encore tenté de déployer votre éloquence pour foûtenir leur ridicule Confultation en faveur des trois Curez d'Orleans , qu'on ne peut regarder que comme le tocfin de la revolte contre l'authorité fuprême.

Un [d] Ecrivain celebre a dit autre fois , *que la majefté feule des Roys les mettoit à couvert de tous les évennemens tragiques* , mieux encore que toutes les legions des gens armez qui les environnent : elle imprime fur leur front un caractere fi brillant, qu'il n'eft point d'œil ennemi qui en puiffe foûtenir l'éclat, cependant cette Majefté fi refpectable n'a pû deffendre notre jeune Monarque des traits de fureur de ce monftre horrible que Themis entretient chez elle , & qui dans ce tems-ci a pris de fi grandes forces, qu'elle foule prefque impunément les droits les plus facrez.

(d) Dante de Monarchia mundi.

Ce font là les fuites inévitables d'une longue minorité, que je n'avois que trop exactement prévûës : à peine Loüis XIV. de triomphante memoire eut expiré, que je m'avifai d'étaler dans une Epitaphe tous les malheurs dont nous allions être accablez, les mouvemens tumultueux de la Chicane, de l'Herefie, du Schifme ne furent pas oubliez dans le detail que j'en faifois.

Jam graditur fine fronte fcelus, Bellona forenfis
Juris facta fui, Jura facrata premit
Hærefis è Latebris diro cum Schifmate furgens
Herois cineres calcat utroque (*) pede.

Saint Paul (c) a beau nous dire que toute puiffance vient immediatement de Dieu ; les oracles de la chicane que vous nous vantez, lui donnent un dementi formel : dans cette Confultation qui revolte l'efprit de tous les bons François, ils font entendre que le Roy n'eft que le Chef de la Nation, qui par un choix unanime l'a revêtu de cette authorité, qui jufques alors ne refidoit qu'en elle feule, & que dans un Contrat paffé entre le Monarque & les Sujets, il s'étoit foûmis

(*) Anonymus de funeribus antiq.
(c) Paul Epift. ad Roma. cap. 13. v. 1.

à la Loy comme le dernier de son peuple ; que le Parlement étoit le vrai Senat de cette nation , que personne n'étoit au-dessus de ses Arrêts de leur nature irrefragables.

Ils appellent les *Magistrats* qui le composent les depositaires souverains des Loix de l'Etat , des *Patrices*, d'*Assesseurs du Thrône dans l'administration de la Justice*; ils avancent encore que les François ne sont pas obligez en conscience de se soûmettre à toutes les Ordonnances du Prince , mais seulement à celles qui ont été formées de leur vœu & de leur consentement dans l'assemblée des Etats.

Qui a jamais osé mettre au jour des sentimens si erronez : *ne pourrions nous pas nous écrier ici avec autant de justice que le Prophête Habacuc , Peuples de ce florissant Empire , n'êtes-vous pas frappez d'étonnement , en apprenant une chose qui s'y est faite en nos jours & que nul ne croira lorsqu'il l'entendra dire.* Je n'en suis pas pourtant surpris , la clemence dont on a usé jusqu'ici à l'égard de ces Consulteurs les a rendu toûjours plus hardis ; *la facilité du pardon* est selon (f) Saint Ambroise, *un aiguillon qui incite à commettre de plus grandes offenses.*

Saint Augustin (g) mieux instruit de l'obligation que la Religion impose aux sujets d'une Puissance seculiere ou ecclesiastique ;

(f) Ambro. de parit.
(g) August. Conf. cap. 8. lib. 2.

parle un autre langage que ces (h) enfans de Belial, *qui ne sçauroient courber la tête sous aucun joug, & qui dans cet esprit d'independance, méprisent, & tachent d'avilir l'authorité Royale,* voici comme s'explique cet illustre Pere de l'Eglise *si un Prince peut ordonner dans le lieu de son obéissance des choses, que ni ses predecesseurs, ni lui n'avoient point encore établies : & s'il est constant que bien loin que ce soit violer les Loix de la societé, que de se rendre à ces nouveaux Edits, ce seroit au contraire les enfreindre, que de ne pas s'y soumettre, puisque la premiere Loy de toute societé, c'est d'obéir à son Roy, combien sommes-nous obligé d'obéir sans hésiter à tout ce que Dieu nous commande, puisque c'est le Roy des Roys.* N'est-ce pas là un passage qui renverse de fond en comble les principes séditieux de la Morale de ces nouveaux Casuistes.

Le pouvoir de l'Eglise n'est pas plus respecté dans leur infame consultation que l'autorité Royale ; je ne sçaurois plus long-tems retenir mon zele dans les bornes de la modération, en jettant les yeux sur les termes de mépris, dont ils se servent contre l'Epouse de Jesus-Christ ; leur insolence qui est montée jusqu'à son dernier periode, m'oblige à exciter ici la Justice de notre Monarque contre ces rebelles à Dieu & aux Puissances d'ici bas ; tous les égards, Monseigneur, qu'on doit avoir pour vous & pour les personnes

[h] Reg. lib. 1 cap. 2 v. 13

que vous honorez de votre protection , ne
font pas capables dans cette occasion d'ar-
rêter l'essor de ce zele qui m'anime , & qui
me contraint à élever ma voix avec Saint Leon,
[i] & à dire , *grand Prince qui nous gouvernez*
si sagement vous devez confiderer fans delay que
la puissance Royale ne vous a pas été donnée pour
regir seulemens le monde , mais encore pour pro-
teger l'Eglise , la deffendre des entreprises cri-
minelles de ses ennemis , faire exactement observer
ses Ordonnances par ceux qui dependent de vous
& retablir enfin chez elle la paix que l'Heresie
s'efforce de troubler si ouvertement & même sous
vos yeux. Flatté par l'agréable idée de voir bien-
tôt des fruits de cette remontrance , je passe ,
Monseigneur , à un autre article de votre
Lettre.

Si je n'ai pas renouvellé dans mon Codicile les reproches que j'ai fait autre fois aux
gens de votre parti , ne tirez aucun bon
augure de ce pretendu silence , qui ne sçauroit leur être favorable ; je n'ai point changé
de sentiment à leur égard , les écrits pernicieux
dont ils ont inondez toute la France , & leur
conduite schismatique , ne fait que donner
de plus en plus de nouvelles forces à mon
accusation. Refuser de recevoir la Constitution
qui est devenuë un Jugement dogmatique de
l'Eglise , c'est nier son infaillibilité , nier son
infaillibilité , c'est revoquer en doute les pro-

[i] Leo Epistol. 18.

messes de Jesus-Christ qui s'est engagé à être avec elle, & à l'animer de son esprit jusques à la consommation des siecles, & à empêcher que les portes de l'Enfer ne prévalent contr'elle, revoquer en doute ces mêmes promesses, c'est déclarer tacitement que ce divin Sauveur est un imposteur, & par conséquent qu'il n'est pas Dieu, blasphême qui doit faire horreur à tout bon Chrétien. Je sçai bien que vos fauteurs n'oseroient pas le prononcer ouvertement par la crainte des suplices ; mais qu'on les mette à la même épreuve dont les Galadites [l] se servirent envers les habitans d'Ephreem qui demandoient de passer par leur païs. Faites leur prononcer *Lomousios*, mot grec inventé par le Concile de Nicée, pour exprimer la consubstantialité de Jesus-Christ avec son Pere, ils seront aussi embarrassez que les Ephremaites à proferer le *Schibolith*, ils ne sçauroient en venir à bout, leur bouche n'étant pas faite à un mot si nouveau pour eux.

Quelles sont ces playes, s'écrioit autre fois le Prophête [d] Zacharie dans une vision ; *quelles sont ces playes, mon divin Maître, que je vois dans vos mains : j'en ai été percé dans ma maison par ceux qui faisoient semblant de m'aimer. O épée ! reveille-toi, viens fondre sur mon Vicaire, sur mon Pasteur, sur cet homme qui se*

[l] Judic. cap. 12 v. 6
[d] Zach. c, 13 v. 6

E

tient toûjours attaché à moi : frappez-les, & les brebis seront dispersées : il y aura alors sur la terre deux partis revoltez, mais ils periront tandis que le troisiéme demeurera victorieux, je le ferai pourtant passer par le feu ; où je l'épurerai comme on épure l'argent dans le creuset.

C'est là une Prophetie dont l'accomplissement semble tomber dans le tems, où nous sommes : ces blessûres sont celles que les Jansenistes schismatiques font tous les jours à Jesus Christ, qu'au sentiment de Saint Bernard [e] *ils crucifient encore une fois & ouvrent son sacré côté par les coups mortels qu'ils portent à son Epouse & à son Vicaire :* ce sont eux qui avec leurs confreres les Calvinistes forment ces deux partis, qui doivent à la fin être foudroyez par la main vengeresse du Seigneur : mais les bons Catholiques, après avoir été éprouvez par les excès de furie & de malice de ces ennemis du Sauveur, iront triompher avec lui.

Je finis cette Lettre, qui n'est déja que trop longuë, en m'écriant avec St. Paul [f] *anathéme à celui qui n'aime pas Jesus-Christ,* anathéme à qui ne le reconnoît pas pour Etre consubstantiel à son Pere : anathéme à qui refuse à la Sainte Vierge le titre de Mere de Dieu : anathéme à qui ne croit pas aux promesses faites à l'Eglise.

---

[e] Bernard. Epist. 219.
[f] Paul. Epist. ad Gala. 1 cap. 8 v 9

Au reste ; comme je vous vois en train d'écrire, ou pour parler plus juste, de donner de l'occupation à ces Theologiens à gages dont vous adoptez les Libelles diffamatoires : je ne doute point que la lecture de cette Lettre ne vous engage à y faire repondre, vous le pouvez en toute liberté, je vous declare que je n'entre plus en lice avec vous ; & je me condamne à un éternel silence, il n'y auroit que les interêts de la Religion & de l'Eglise, que vous bleſſez à tout moment dans vos écrits qui puiſſent m'obliger à violer ma ferme reſolution ; mais outre que je ſuis perſuadé que Dieu la ſoûtiendra juſques à la fin des ſiecles, il a ſuſcité un Prelat [†] pour la deffendre, dont tous les combats qu'il a donné pour elle juſqu'ici ont été ſuivi d'autant de victoires ; vous ne l'avez que trop apris par vous-même, mais vous n'êtes pas aſſez docile pour l'avoüer ; ce n'eſt pas un nom pris pour un autre, ce n'eſt pas un mot latin mal traduit, ce n'eſt pas un manque de ſeing au bas d'un Acte qu'il reprend dans vos Ouvrages, ce ſont des fauſſes citations, des paſſages tronquez, des anacroniſmes eſſentiels, des calomnies qui ſe démentent d'elles-mêmes, des erreurs enfin depuis long-tems foudroyées : Je n'entre dans un pareil détail qu'en gemiſſant par l'interet que je prends encore à votre ſanctification, d'où tous les pas

[†] Monſeigneur de Marſeille

que vous faites vous éloignent. Bien loin que je garde contre vous aucune rencune, pour avoir attaqué mes Ecrits, je vous honore infiniment, je me fervirois même de termes plus forts & plus obligeans fi l'amour que j'ai pour la verité, à qui vous avez declaré une guerre ouverte, pouvoit me le permettre; *il n'y a qu'elle*, au fentiment de Saint Bernard (*) *qui puiffe fervir de lien à la veritable amitié.*

S'il m'étoit échapé quelque vivacité dans cette Lettre qui vous mit de mauvaife humeur contre moy, quoi que vous m'en ayez donné l'exemple & le modelle, je les detefte fincerement, & je vous prie de les regarder plûtôt comme des faillies d'un efprit qui ne peut fouffrir d'être contredit fans raifon, que comme de productions ameres d'un cœur ulceré, *ce n'eft pas que je trouve mauvais, à* l'exemple de Saint Auguftin, *qu'on ne me faffe pas plus de quartier* [g] *en lifant mes ecrits que j'en fais aux autres en lifant les leurs.* Dans un païs libre, difoit un grand Empereur, qu'un avoit maltraité dans un Libelle [h] *il faut que les langues & les plumes joüiffent du même privilege.*

Je vous le dis encore une fois, Monfeigneur, je vous honore & vous refpecte infiniment, je puis même vous protefter que de-

[g] Auguft, Epifto, ad Fortu,
[h] Tacit. in vita Thiber.
[i]. Bernard, Epift, 219

puis un tems infini je ne cesse de prier le Seigneur pour vous dans le Saint Sacrifice de la
Messe, ce que je continuërai jusques à la
mort : mais mon âge & mes infimitez m'a-
vertissent à tout moment que cette derniere
heure aproche : je ne dois plus penser qu'à
faire un bon usage du peu de tems qui me
reste à vivre, & sur tout à travailler effica-
cement à empêcher que ma memoire ne soit
flétrie par aucun soupçon du schisme qui vous
deshonore ; c'est ce qui m'a obligé de faire mon
Epitaphe qui contient la profession de ma foi.

S'il vous reste encore des entrailles de pitié,
disoit autre fois Saint Bernard aux Evêques
de ce Royaume, *oposez-vous avec force aux pro-
grès de ce mal contagieux qui s'est glissé chez vous,
empechez que les brêches qu'on a fait à l'unité ne
s'étendent pas plus loin. Souvenez-vous que la
France a toûjours eu l'avantage, comme chacun
sçait, de racomoder toutes les ruptures qu'on a
fait à la Tunique de Jesus-Christ.* Je me flatte,
Monseigneur, que faisant reflexion aux paroles
de ce Pere, vous nous donnerez la consola-
tion, nonseulement de revenir au sein de
l'Eglise, mais d'y ramener les Prelats & les
autres François, qui sur votre exemple s'en
sont éloignez. Je suis avec un respect infini,
Monseigneur,

    Votre très humble & très-obéïssant serviteur,
      † JOSEPH IGNACE *ancien Evêque d'Apt.*

A Marseille le 25 *Octobre* 1730.

PROFESSIO FIDEI
in modum Tituli Sepulchralis.

Hic jacet.
D. D. Joseph. Ignatius de Foresta de Colongue quondam Episcopus Aptensis.

Talia de tumulo fundebat verba cadaver,
  Gazæ, fama, decor quid? Nisi grande
  nihil.
Natura, Cæcæque Deæ non munera prosunt,
  Post obitum, Virtus sola superstes adest.
Pastor eram, Aptensis quondam Præfectus
  ovilis,
  Nunquam intermisi Marte fugare lupos.
Plus Zelo Fidei, claro quam stemmate notus,
  In Petrum studii publica signa dedi.
Obtentus precibus, veritus sum numen ab ortu,
  Cessit at ille timor, victus amore, locum.
Adversus Mariam pietas, fuit hospita cordis.
  Adfuit in cunctis: mater ut alma mihi.
O utinam unus & alter amor me extollat
  ad Astra.
Nomen ut æterni vivat in ore meo.

Siste gradum, & sapiens monita hæc tibi
    sume viator,
    Respue quod transit, quære quod usque
    manet.
Funde preces, gratoque animo succurre ja-
    centi,
    Qui te Cælestes edocet ire vias,
Quam primum ut Christi divis societur alum-
    nis,
    Ore, manuque pia te relevare decet.

www.ingramcontent.com/pod-product-compliance
Lightning Source LLC
Chambersburg PA
CBHW060859180626
46818CB00004B/1771